그리워하는 사람으로 살자

주 재 욱 씀

그리워하는 사람으로 살자

초판인쇄 2018년 4월 27일
초판발행 2018년 4월 27일

지은이 주재욱
펴낸이 채종준
펴낸곳 한국학술정보㈜
주소 경기도 파주시 회동길 230(문발동)
전화 031) 908-3181(대표)
팩스 031) 908-3189
홈페이지 http://ebook.kstudy.com
전자우편 출판사업부 publish@kstudy.com
등록 제일산-115호(2000. 6. 19)

ISBN 978-89-268-8410-2 03810

그리워하는 사람으로 살자

주 재 욱 씀

인사말

사랑하는 사람(2004. 1집).
사랑하는 사람 당신(2014. 2집)을
출간한 후에도 생각나는 대로 계속
시를 적어 왔습니다.

살아 숨 쉬는 동안 시를 쓸 수
있어 행복하다는 생각으로 써 모아
온 것이 3집 출간의 욕심을 만들
었네요. 마침 아내의 팔순 선물이
생각나서 준비에 힘을 실었습니다.

시인이 아니라 아마추어로서
생각이 나면 쓰고 정리한 것이라
시집이란 말 쑥스럽네요
고심을 하면서 한편씩 정리하는
기쁨 그리고 팔순 선물의 기대가
3집을 낳게 했습니다.

이번 3집은 "그리워 하는 사람으로 살자"라는 주제로 엮었
습니다. 결혼 55년, 긴 세월을 열심히 살았고 사랑하였기에
아내에게 고마움을 전하는 마음을 담아 팔순의 축하선물로
아내에게 드립니다. 3집을 읽으시는 여러분에게도 공감이
가 진다면 더 더욱 보람이 되겠습니다.

주 재 욱 씀

차례

■ 2부
똑딱 똑딱 (세월이 간다)

3부 그러려니 살아보면 살만 합니다

1부

그리워하는 사람으로 살자

그리워하는 사람으로 살자

가을에 낙엽되어
모두 떠나더라도
그대 그리워 생각나는 사람으로 살자

봄이 오면
꽃으로 단장 웃음으로 반겨이 맞이하고
여름내 그늘되어 뙤약볕 가려주고
가을이면 빨간 단풍
빨갛게 물든 추억 주고
겨울엔 흰눈되어 흰눈 세상
모든 흉 허물 하얗게 덮어주고

세찬 바람 불어 와 쌓였던 흰눈
훌훌 날려 어디론가 떠나더라도
가슴 따스하여
그대 오래 기억되는
그리워하는 사람으로 살자

한 세상 살다 가더라도
다시 태어 나
또 다시 그대 찾아 만나고 싶은
그리워하는 사람으로 살자

음악 속에

흐르는 음률(音律)
먼 길 떠나 시공속에 잦아 든다

홀씨되어 두둥실
동경하는 세상
오작교 건너는 길목에 서서 손짓 한다
사랑하는 사람에게

이따금
호숫가 잔잔한 물결
희미하게 비추는 달빛
가이 없는 새 세상으로 노 저어가는 환상속을 헤맨다

어느새 인가
그리던 고향 뒷동산에 올라
어릴적 친구들
먼 추억속에서 그들을 본다

음악 속에
꿈이 있고
행복이 손짓하고
흐름속 고향도 있고
친구도 있고
그리고 부모 형제
옛날
그 옛날 추억속에
그 시절로 되돌아가
그리던 시공을 헤매는 나를 본다

억새 연가 (노래)

억새가 노래를 부르네
높푸른 하늘 보며

고추 잠자리 춤이 간지러워
웃음 못내 참는지

이 가을 고마운듯
날개 단 씨앗
잉태의 흐뭇한 웃음 속내에 품고

바람결 따라
흔들 흔들 노래를 부르네

억새 연가 (춤)

달빛 받아
하얀 하늘 은빛 물결

귀뚜라미 장단에
여름내 이루려던 소망
날개에 품고

바람따라 달빛 따라
속삭이듯
흥에 겨워

하늘 향한 날개 짓

한 사리
수확에 들뜬 가슴

바람결에 흥이 절로
억새들 어우러져
합창하듯 춤을 추네요
춤을 추네요

억새 연가(이별)

문풍지 떨며 울어대는 어느 해질녘
임태한 억새
떠나 갈 채비에 한참이나 분주 합니다

기약 없는 길
한 사리 추억 가슴에 묻고
날개 펼쳐 날개짓 합니다

살다 떠나는 아쉬움
지난 세월이 몹시도 그리워 지겠지요

홀씨 떠나면
매말라 버린 억새 육신
초라한 몰골로 남아
찬바람 서러워 기러기 울음 벗삼아
나름대로 한 삶의 할 일 마감한 뿌듯함
가슴속 깊이 깊이 간직 합니다

겨울이 오기전에
쫓기듯 바람따라 떠나 가
어디서인가 홀씨는 날아 앉아
다시 태어나는 꿈을 이루겠지요

남쪽 나라

남쪽나라가 그리움은
한 겨울 추워서 따스함이 그리워 인가

남쪽 나라
쪽빛 바다
바닷가 야자수 그늘
평화로움
한가로이 피어나는 꽃 그리고 벌들
싸움이 없을것 같은

겨울이 지나갈 무렵
남에서 불어오는 봄 바람에
매화 깨어나고 연이어 피는 봄꽃들

계절은 지나가면 이어 다음 계절이 오는데
우리 인간사회 몸살나게 끝이 보이지 않는 전쟁
남쪽에서 첨풍이라도 불어 와
북으로 불어 날아가기 바라는 마음에
남쪽 나라가
더 그리운건 아닌지

작은 행복

행복
찾아 나서면 어디서나 찾아 집니다
작은 소망에서 작은 행복이
작은 봉사에서도 작은 행복은 있지요

농부의 땀으로 일군 수확의 기쁨
작은 계획의 실천에서 비롯됩니다

여명의 출항
만선으로 저녁의 붉은 노을 뱃등에 가득 싣고
뱃고동 울리며 돌아오는 어부의 뿌듯함
행복을 느낀다면 이도 그 나름의 행복입니다

옹달샘에서 비롯한 실개천
강을 흘러 바다의 큰물 되듯이

작은 꿈
작은 소망
이루어져 만족하는 곳에
큰 행복이 오지요

불 만 (不滿)

생각 나름
세상사 온통 불만으로 가득합니다
불만 속에 품으면 쌓입니다
소용돌이 치지요

불만 쌓이면
살아 있는 자체가 불만입니다

욕심 욕망 버리니 불만 줄어 듭니다

애시당초 훌훌 털어 버려요
산 정상에 올라 산바람에 날려 버려 봐요
제곡 흐르는 물에 씻어 버려요

불만 없어 평안 하잖아요
원망 살아 집니다
내 탓으로 돌렸습니다
희망의 싹이 보이네요

앞마당에 핀 국화꽃

여름내 뙤약볕 견뎌
이슬 먹고 자라더니
스산한 바람 스쳐가는 어느날
앞마당 사립문 옆
곱살맞게 피어난 연자색 국화꽃

자식 위한 희생으로
한 평생 고생하셨던 어머니
웃는 모습 닮아서 인가

낙엽 흩날리는 만추
밤새 내린 서리
흠뻑 뒤집어 쓰고도
햇살에 서리 녹음고
영롱하게 보시시 웃어주는 국화꽃
어머니 그 모습

앞마당에 핀 국화꽃
어머니 몹시도 그리워 지네요

별이 되어

그대 사랑하는 사람아
사는 동안 사랑하며 살다 가자

속세라 시샘 앞서고
잠결이 이성 누르고

삶에 지쳐
사랑 못다하고 떠난다면

저 하늘에
반짝이는 별이 되어
서로를 바라 보자

별이 되어
더 높은 창공에서
지나 온 세상 내려다 보며

끝이 없는 사랑
못다 한 사랑

두고 두고
다시 시작하는
희망의 별이 되자

기다려야지

봄
꽃피는 계절

꽃이 지면 계절은 바뀌는거
겸허히 보내고 다시 오는 봄 기다려야지

여름이면 멀리 보이는 산
녹음 푸르름 시원한 산에서 불어 오는 바람

가을되어 저 멀리 푸른 산
단풍길 낙엽 밟으며
오솔길 따라 고향 가는 꿈 키워야지

계절 바뀌어 겨울오면
쌓이는 흰눈 밟고
님과 함께 눈위 흰 발자욱
손잡고 빙글 빙글 춤추며
사랑의 추억 남겨야지

또 겨울가면
다시 꽃피는 계절
님 맞는 희망 안고
오는 봄 기다려야지

봄

남에서 오는 훈훈한 바람
양지바른 언덕에 핀 할미꽃

싱그러운 봄꽃 내음
눈이 시리도록 흰 목련화

기다리던 봄
새싹과 희망과

농부는 이른 새벽
가을 수확 꿈으로 바쁜 손길

이 봄에 밀알 심어
가을 수확 기대해야지

차창(車窓)

차창 가림막 열어 젖치자
풍경은 차창을 스치고
흘러간 숫한 추억 추억들이
차창에 아련히 비친다

흐르는 강의 숨겨진 이야기
먼 산에서 불어 오는 바람
산속에서 들리는 싱그러운 잎사귀의 속삭임
지저귀는 산새소리
지나간 그리운 시절이 차창을 스쳐 지나 간다

논과 밭
농부의 부지런한 손 길
오곡은 농부의 손 끝에서 익어 가고
논두렁 배탈에 심은 콩닢의 헤슬픈 웃음
그 속에서 계절이 영근다

차창 밖
자연의 숨소리
스치는 풍경
마음은 어느새
졸음속에서 고향에 가 있다

삶의 의지(意志)

지체 부자유의 어느 삶
의지로 보람 찾은 삶에
박수를 보낸다

이른 아침
서울역 주변에 가 보라
의욕을 팽개친 수 많은 육체들

의지로 삶 누리려도
현실이 외면해서 인가
의욕 송두리째 빼앗겨 인지
게슴츠레 촛점 잃은 눈빛
육체만 허우적이는 행동

의지 잃은 삶
절망의 늪에서 헤매이지만
삶에 의지라도 가진다면
조그마한 보람이라도 찾으련만

아픈 몸으로도 의지의 삶으로
입지한 인물 그 얼마나 많은가

삶의 의지로
행·불행
그리고 입신 명성
보람 있게 사는 삶에
진심으로 성원을 보내자

꿈

좋은 꿈 꾸세요

꿈에는 희망도 있다지요
어린시절 무지개 따고 싶던 꿈
별도 따고 달도 따려던 꿈을 품고 자랐지요

꿈 속에
꽃이 화사하게 피어나리라는 기대
어린적 고향의 순이가 꿈에서라도 만나 주리라는
기대와 희망

벌거 벗은 나무
혹독한 추위에 떨며 힘겨운 겨울이어도
봄이 오면 속내에 품은 꽃망울
봄 꽃으로 피어나는 꿈 같은 희망이 있어서 랍니다

농부에겐 땀 흘려 씨뿌려 가꾸면
풍성한 가을 수확의 기대가
꿈이 아닌 현실로 이루어 지고요

작은 꿈에서 작은 희망
이루려는 노력이 꿈의 열매를 맺게 한답니다

꿈이 없으면 희망도 없네요
꿈을 접으면 희망을 버립니다

좋은 꿈 꾸세요

나라꽃 무궁화

무궁화는 나라꽃
나라꽃은 무궁화

길고도 긴 오천년 세월

수많은 사연 보듬고
꿋꿋이 이 나라 지켜 온 나라꽃 무궁화

독립만세 속 희생된 영혼
6.25 동족 상잔의 원혼

아직도 아물지 않은 상처
부모와 자식 형제 자매
이산 가족의 통한 마저도 속내에 간직한 채

삼천리 방방곡곡
독도 동녘 산봉우리에도

온갖 풍상 고초
한으로 품고
하늘 향해 자랑스레 핀 나라꽃 무궁화

통일 대한민족이여 빨리 오소서
세세 무궁토록 번영할 그 날의 염원 안고
화사하게 피어 옛 모습 그대로 반겨 주는

나라꽃 무궁화

한 줄의 김밥

우리네 세대에서야 보릿고개 넘으며
한 줄의 김밥이면 진수성찬이 였지요
시련 딛고 이룬 오늘의 발전
지금 세대들 상상할 수 없는
옛날 이야기 랍니다

추억의 김밥
어머니 손맛이 그리운
그 시절 추억이 되새겨 지네요
한 끼 얻어 먹을 힘만 있어도 축복이라는
어느 늙은 걸인의 이야기는 아니어도
한 줄의 김밥
감사 하다면
이도 또한 축복입니다

한 순간의 만남이

맴 도는 삶에서
한 순간의 스쳐지나가는 인연
이어지지 않더라도

오래 지나 먼 훗날
희미하게 작은 등불처럼
비추어져 남는다면
되돌이 소리로 되새겨지듯

한 순간의 만남이
자그마 하다지만
소중한 한 순간의 추억으로 남잖아요

이별의 아픔

이별은 마음이 너무 아파요
이별 상상도 마세요

문풍지 울어대는 긴 긴 겨울밤의 불면이
그믐밤 시계바늘 멈춰버린
오랜 답답하고 지루함의 연속
걸어도 끝이 보이지 않는 아득한 지평선으로 보일뿐

혹
때되어 이별이 오더라도
그때만의 슬픔으로 족 하답니다

이별의 아픔
앙금으로 깊숙이 갈아 앉아
메아리로 되돌아 자리 합니다

노래 부르는 시간
길어도 짧은 시간으로 지나가지요

이별의 아픔
순간이 어도
기약없이 멀리 떠나는 뱃길 되기도 하고
두고 또 두고
아픔되어 너무 오래 되새김도 할테니까요

이별은 마음이 너무 오래 아픕니다
이별 상상도 하지 마세요
이별은 너무 가슴이 아프잖아요.

마지막 여행

금혼식 기념
아프리카 여행
마지막이라는 각오로
아내와 손 잡고 떠난 여행

최고령
일행에게 피해 주지 않으려
무척이나 멀고도 힘겨운 여정인데
다녀 오니
더 미련이 남는 여행이 되었네

물보라 소나기 되어 쏟아져 퍼붓는
빅토리아 폭포의 건장한 남성다움

자연 생태계의 사파리
약육강식의 뿌리가 거기에 있었지

인간들 삶
이 진실을 뿌리로
최 강자로 군림 했나부다

어느 모정

구름에 가려서 인가
웃음 잃은 젊은 얼굴

꺾인 날개 달고 태어난 천사
실실 웃기만하는 아들

남은 죄의 사죄로
당신이 세상 뜨기 전에
한 번이라도 더 동행한다는
해외 여행이라는데

손 발되어주는 눈물겨운 어느 모정

옛날 어머니 모습 비처
눈시울 젖네요

탄천가 갈대

산들바람 맞아
탄천가 갈대 욱어 지더니
풀섶 귀뚜라미 밤새 울어 지새고
그 사이 임태한 씨앗 품어
다소곳이 고개 숙이네요

가을이면
피어나는 탄천가 갈대
훌쩍 키를 넘어
오가는 사람들
잔잔한 웃음 주고

가을을 알려주는 갈대
탄천물 흐르듯 세월따라 흘러
고개숙여 큰절 할 무렵
겨울로 간다는 이정표인가
바람타고 흔들 흔들
한 살이 접고
다시 오겠다고 인사 하네요

기억력

세월에 떠밀려 살다 보니
팔십고개 훌쩍 넘었네요
이제 세상사 접고 살 때도 되었지요

기억력
강 건너 물안개
버들가지 사이 보일락 말락 하듯
기억들이 가물거리네요

살아 온 세월만큼이나 숱한 사연
이제 내려 놓고
즐거웠던 일 추억으로 간직해야 겠지요

가고 싶어도 갈 수 없는 지나간 세월 그리고 추억
떨어 버리고 이별 인사라도 해야 하는데
기억력 받쳐주지 못하잖아요

남은 삶
그 때 일에 족해야 겠는데
기억력 내 탓으로 돌리고
나이 탓 하며
그런대로 살아야 겠네요

나와 낙엽

나
아직은 낙엽이 아닙니다
움직이며 살아 가고 있잖아요
매어달려 있는 단풍이랍니다

언젠가는
어디론가 떠나는
바람에 떨어지는 낙엽이 되겠지요

세찬 바람 불어와
어디론가 떠나야 한다면
가는곳 모른다 해도
한 때 화려했던 시절 추억으로
바람따라 구름처럼 떠나 잖아요

갈곳도
가야 할 곳도
모르는 인간
무엇을 남기고 가야 하나요

정처 없이 떠나야 하는
나 그리고 낙엽인데

웃으며 살아요

어제는 힘들게 살았더라도
오늘은 웃으며 살아요

일제 강점36년 나라 빼앗긴 설움
애타게 부른 아리랑 그 메아리
6.25 동족 상잔의 주검과 잿더미속
보리고개 애환
찌들어 지친 삶
지난날의 아픔과 한 서린 세월을
딛고 이룬 오늘의 영화
비록 분단으로 이산가족의 슬픔은 있다해도
어제 일 다 벗어버리고
우리 이제 웃으며 살아요

용서하고 용서받고
욕심 욕망 내려놓고
홀가분하고 따스한 마음주고
오늘부터 우리 웃으며 살아요

통일도 웃으며 다가 오겠지요

눈꽃

간 밤에
내린 흰 꽃가루
나무가지에 뿌려져
눈꽃으로 피었네

하늘이 내린 축복
서설(瑞雪)

뒹굴던 아이 때의 추억
눈꽃속에 아련히 피네요

꽃이 아니면서
꽃보다 아름다운 설경(雪景)

마음이 하얀사람
눈꽃으로 피어 나려나

그리워 진다면

미움이 밀려 와 만남이 싫어 진다면
잠시 여행을 떠나 보세요

멀리서 뒤돌아 보다가
어느 한 때 추억 들
그리움 되어 물안개 피듯
그대 그리워 진다면
그대 사랑하고 있음입니다

죽어도 보고 싶지 않더라도
잠시 떠나 보세요
조금이 나마 미련이 남는다면
희미하게 나마 그대 향한
사랑의 등불
꺼지지 않았음니다

아름다운 추억

삶이 아름다워야
세월이 흐른 훗날
아름다운 추억이 남습니다

힘 들 때도 있겠지요
불면으로 그 밤 뜬눈으로 지새는 때도

절망으로 앞이 보이지 않는
가로 등 마저 꺼진 희뿌연 시절도

그래도 희망은 항상 주변에 있었잖아요
의지에 달렸으니까요

희망을 이루어야 아름다운 추억도 있답니다.

아름다웠던 삶이
아름다운 추억을 남깁니다

날개 단 꽃

게발이 물에 살더니
꽃피어 꽃날개 달았네

바다 갈매기 벗삼아 노닐더니
하늘 날아
그리면 고향 바다로
날아 가고 싶었나 봐

꽃잎 날개
하늘 향한 날개짓 그 자태

금방이라도 날아오를

이 봄 오면 봄소식 안고
온 동네
희망실은 꽃씨라도 뿌리려나

돌아 오지 않는 세월

흐르는 강물 되돌릴 수 있나요
지나간 세월 되 오지 않지요

바람불어 떠나버린 낙엽
가 버린 어릴적 친구
눈에 선해도
돌아 오지 않는 세월에 묻혀 버렸네요
추억으로나 새김질 해야죠

못다 핀 꽃
활짝피어 흐뭇한 웃음 주고
멀리까지 은은한 향기로운 꽃

흘러간 세월에서
아련히 추억되어 손짓 하네요

헛되이 세월 보내 버리면
돌아 오지 않는 세월
허무만이 후회로 남아
가슴 아파 오지요

마음 속 낙원

텅 비어 있는 마음
공허로 가득한 시공

흔들의자에 앉아 누군가 기다리며
음악에 잦아 든다

눈 감으면
허우적이는 마음에 나래 달아
파란 하늘 아래 어딘가 있을것 같은
또 다른 세상

꿈 속에서 찾아 헤메던 그리던 세상
남쪽나라 아니면 어느 낙원
바닷가 모래사장
야자수 그늘

흔들의자에 앉아 있는 다른 나를 본다
이대로 눈 감으면
수평선 너머 평화로운
마음 속 낙원이 려녀

새 해

매년 맞이하는 새해
한 일 없이 떠나보낸 지난 해
가 버린 해는 지난해에 실어 보내고

새해
새로운 마음과 다짐
한 해 그대로 살다 보내더라도
무언가 찾을것 같은 희망 안고
새로운것 찾아 보는 새해로 맞이 하자

해돋이
떠 오르는 장엄한 붉은 해
소망 빌어 희망속에 살아가는 거
새해의 의미겠지

봄을 품은 나무

겨우 내
나목(裸木)들의 산고(産苦)
아기 품듯 잉태한 꽃망울

나무들은 일찍이 속내에
봄을 품었지요

그 긴 겨울
오는 봄 희망 안고

응지의 잔설 녹아
실개천
제곡물 소리로 봄을 알리고요
산새들 둥지 틀어
짝 찾아 지저귀는 소리에
꽃망울 그제야 실눈 뜨지요

남에서 불어오는 훈훈한 바람
봄을 품은 나무
봄 꽃 소식 전 하네요

오는 봄에는
앞마당에 사과나무라도 한 그루 심어야지

죄와 벌

지은 죄
사(赦)함 받았으면
잊는 줄 알았는데
이따금 고개 드는 벌

가벼운 죄라도
죄책감으로 되새겨지는
벌로 오네요

용서는 쉬 잊혀져
더는 생각나지 않아도

지은 죄
지워지지 않아
죄의 대가인가
후회로 되살아나
마음속의 벌이 되네요

행복

행복
자기 기준의 만족도라지만

살아 온 지난날의 행적이
현재 삶으로 이어져
삶에 불만 불행하지 않다면
행복한 삶입니다

불행하지 않은데도
불만족한 삶이라면 자학입니다

행복
마음속 깊은 곳에서
은은히 피어오르는 삶의 향기지요

가난 하더라도
현실에 만족 한다면 행복입니다

삶에 불만 없는 삶
행복한 삶입니다

폐차장

함박눈 고스란히 이고
벌이라도 받고 있는지 팽개쳐진 자동차 들
소형 중형 대형차

한 때 잘 나가던 외제차도
이제는 그 화려했던 그 때 추억으로
간직 하고나 있겠는지

남녀 노소 빈부 귀천 하물고
같은 몰골로 수순(手順) 기다리고 있는 어느 폐차장

나 처럼 나이들면
가야 할 길이지만
잘나가던 시절의 화려했던 기억도
뿌옇게 의미가 바래버린 현실

지난 시절
좀 더 열심히 살았는지
이웃은 사랑하고 살았는지
배려하고 조금은 희생하며 살았는지
해야할 일 제대로 마무리 했는지

폐차장에서 차례 기다리는 몰골
지금 내 모습 아닌가

내 탓

원망일랑 말아요

죄 많은 세상이라

내 탓으로 살아요

억울한 때 있지요
세월가면 잊혀지는데

진실
언젠가는 밝혀 지지요

인생살이 한 자락 끝에 매달려 사는 거
억울하여 텅빈가슴 한기(寒氣) 느껴지더라도

내탓으로 살다 보면
내 마음 편한데

한 동안의 그 어려움도
참고 견디고
노력한 훗날
동녘 환하게 밝아 오는 날 있겠지요

2부

똑딱 똑딱(세월이 간다)

똑딱 똑딱 (세월이 간다)

똑딱 똑딱
출근해서 퇴근하니
하루가 간다

똑딱 똑딱
남녘서 온 제비 날더니
어느새 단풍 물들고

똑딱 똑딱
한 해 저물고
덧 없이 시간만 가네

새해 아침
소원 빌어 볼까
알찬 한 해 되기를

똑딱 똑딱
쉬지 않고
쉬임 없이 세월 지나 가는데

무엇 했으며
무엇을 얼마나 일구어 갈건가

헤어 지더라도

우연 찮은 인연으로 잠시 만났더라도
헤어질 때
상처
받지도 주지도 말아야지요

잠시 스치는 만남이어도
조금이나마 미련이 남는다면
이도 인연 입니다

원망으로 남는 슬픈 헤어짐 뒤
어디선가 마주친다면
한 번쯤
손 마주잡고 웃어 넘기는 추억 만들어요

헤어 지더라도
애써 웃어 넘기는 아픔
훗날 아름다운 추억으로 깊이 되새겨지니까요

언젠가의 영원한 헤어짐
후세에서 기쁨으로
다시 만나는 희망 안고 살아요

당신 행복이 내 행복

겹겹이 주름진 얼굴
지난 세월 주름사이에 선한데
죄책감으로 목죄임은
못다한 아쉬움에서 겠지요

삶다 보면 아주 이따금
당신의 행복해 하는 모습에서
내 행복 봅니다

힘 들었던 지난 일들
지금의 삶이 고맙다는
당신의 말 한 마디
불행하지 만은 않았다는 위안으로도
행복해 짐

당신의 행복이
바로 내 행복이니까요

약속처럼 살자

새끼 손가락 걸고 웃으며 약속 했었지
우리 그 약속처럼 살자

장터 국밥집에서 뜨끈한 국밥 한 그릇도
감사하며 정겹게 사랑하며 살자 했었지

이제 우리 늙었어도
약속대로 살다 가자

약속처럼 살다 떠날 때
다정히 손잡고
새끼 손가락 걸고
훨훨 날아 청산 가자

긍정적인 삶

긍정적인 삶에 행복이 있답니다

긍정적인 삶
희생이 뒤따라야지요
희생으로 보람을 얻는 삶
바로 행복입니다

긍정적인 삶
돌짝밭 일구는 고난이 있다해도
추수의 기쁨이 있기에
땀 흘려 노력 합니다

배려하는 삶
손해 보는듯 하는 삶
넉넉하지 않아도
베풀고 사는 삶
탓하지 아니하고 내 탓으로 사는 삶
믿고 사랑하는 삶

내 마음 편해 택하는 삶이
긍정적인 삶 아니던가요

마음의 고요
자기 행복으로 이어지는 삶
긍정적인 삶에서 옵니다

몽돌 해변

잘려 떨어진 해변 단애(斷崖)의 암석조각
길고 긴 세월을
풍파에 부숴지고
밀물 썰물에 길들어

강산이 수 없이 바뀐 지금은
둥글게 다듬어 주변과 어우러진
몽돌 해변

성깔 고약하던 해변의 모난 석편(石片)

고인돌 시대의 그 먼 선조들
맨발이 찔리고 할퀴고 멍들던 그 돌들
갈고 다듬어 사용했던 칼과 도끼

오랜 세월 흐른 뒤
연인들의 맨발 돌밭 길 몽돌 해변

자연은 세월에 길 들어
모난 성깔도 순화 되네요

할미꽃

피어날 때부터 꼬부라져 할미꽃이래요
자식 키우느라 힘들어 꼬부라진 할머니
다시 피어나도 할미꽃이예요

봄이 오면
언덕배기에 고개숙여 핀 할미꽃
옛날 오랜 옛날
그 모습 그대로 대물려 피는 꽃

고향 뒷동산 양지바른 꽃
혹독한 겨울 떠밀어 보내고
힘겨워 보이는 꼬부라져 핀 꽃
할미꽃

우리도 늙으면 꼬부라진다고

늙기 전에
꼬부라지기 전에 할 일 다 하라고
세월 비바람 먹구름 천둥번개 탓하지 말라고

모습 그대로 받아주고
그대로의 모습에서 행복을 찾는 꽃

청산 가는 길 잠시 머물다 가는
범나비에게 따뜻한 웃음도 주지요

이 봄
더 늙기 전에
마음의 꽃 한 송이 피어 볼거나

여 행

반복되는 쳇바퀴 삶
새로운 볼거리 먹거리

일상에서 벗어나
새로움 가슴에 담는다

버스타고 기차도 타고
차창 스치는 새 세상 풍경

해변
파란 바다와 맞닿은 푸른 수평선
뭉게구름 아래 감추어진 꿈속의 신세계
넘실대는 파도
갯바위에 부서지는 백색 물보라
바다 바람 스쳐지나는 백사장
둔덕위에 핀 해당화 그리고 그 향기

모래 사장
다정히 팔짱끼고 걸어간
연인들의 발자국 발자국 들

보다 나은 내일의 재충전이지
그래서 여행이 좋은가

노숙인(露宿人)

갈 곳이 없네
할 일이 없네요
잘 집도 없지요

내 몰린 삶
팽개쳐진 인생
표정 없는 얼굴
남은 것이라곤 껍데기와 분노

기왕 내 몰린 지친 삶이라
마음 달래러 소주 마시고
고향 그리워 소주 퍼 마시고
처 자식 보고파 또 퍼 마시고
죄책감에 더 퍼 마시고

신문지 조각 깔고 덮고
텅 빈 지하도 공간 한 구석

퍼 마신 소주병 당굴고
지나가는 사람 들 코 막개하는
냄새 배어 있는데

이 들 길거리 몰아낸 사람 누구이고
인간이기 포기하게 만든 사람 그 누구인가

초점 잃은 눈 동자
꼬질 꼬질한 몰골

이른 아침 서울역에 나가 보라
팽개쳐진 이 들

아침에도 술에 젖어
손 벌리고 앉아 있는 이 들 노숙인을

시 (詩)

형체도 없으면서
바람 처럼 연기 처럼 때로는 안개 처럼
어느 한 때는 번개 처럼 스쳐가는 너

태어나지 않았으니
죽음이 없는데 무엇이 두려우랴

대문 들어서면 아늑한 정원이
숲 길 따라 들어가면 청산을 품고
오솔 길 열리는 그 곳에서
고향도 보여 지고

언제나 생각을 품어 쉬 생각나게 하다가도
쉬이 살아 지게도 하는 너

한 때 붓 끝이 칼 날 되어
조국 위해 헌신 했고

절망으로 허우적이는 이에게 위안을
웃음도 기쁨도 사랑도 그리고 꿈도 주고
메마른 마음에
촉촉히 단비 같은 생각도 주는 너

항상 곁에 도사려 있어 주어
네 생각 안에서 위안 받아
내 가슴 심연에서 너를 부른다
너와 더불어 노래 한다

오늘이 끝이 아니라면

오늘이 끝이 아니라면

가끔은
맑은 하늘이라 우산 두고 간 날
소나기 흠뻑 맞는 날도 있잖아요

간혹
운 없는 날 있어도
살다 보면 흔한 일
기쁜 날도 있답니다

일이 힘 들어도
웃어 넘겨 살아 가면
오늘 하루가 내 편에서 행복일 수 있지요
세상사 마음 먹기 랍니다

오늘이 끝이 아니라면
축복 받을 날도 있답니다

갈 길

살아 온 삶 탓하지 말자
노래로 풀며
갈 길 찾아보자
낮에 뜬 반달도 웃어 주리라

엊그제 애송이
다 컸다 힘 자랑 한다면
숨 죽여 눈 아래로 깔아주자

나 못남
탓하지 말고
내 할 일은 해야지

보리 피리 꺾어 불며
자연의 아름다운 노래로 화합하자

나는 무엇을 했고
무엇을 해야 하며
가는 길 어디인가

산 위에 올라
산 아래 갈랫길에서
내 갈길 찾아보자

강물의 옛 이야기

마을 앞 강가에 앉아
흘러 간 강물에서
옛 이야기 듣는다

고향의 뒷 동산
어릴적 뛰놀던 친구들 왁자지껄

어머니
꽁보리밥 푸성귀 고추장에 한 양푼 비벼
한 그릇 가득 퍼 주시곤
뒤돌아 서서 잡수시던 한 숟갈의 꽁보리 밥
그 시절 어머니 생각에 눈시울 젖는다

강물아 너는 알겠지
어린시절 그 주렸던 이야기를

지난날 되오지 않아서인가
그 시절이 더 그립구나

어머니
고향의 뒷동산
가고 없는 그 친구들

강물은 아는지
강물에 비친 내 모습 이제 할아버지
옛이야기 속내에 품고
물안개만 피어 오르네

진달래 꽃

봄을 기다림은
겨울이 싫어서만은 아니지요

봄이 오면 약속인 듯
그대 찾아옴이며
그대 분홍 입술에
내 입술 맞닿는 순간 그 따스한 추억의 느낌
그 아름다운 추억
되살리기 위함입니다

온 동산 온 마음 물들여
그대 웃음의 만발에
시름 잊혀서 이고
그대 곁에 찾아옴에
그대 따스한 봄 소식
하늘 높이 메아리쳐서랍니다

단 비

타들어 가는 땅
기다리는 비

마른 목 시원한 물 한 모금

산하가 메말라
희뿌연 흙먼지에 대기가 몸살을 앓는데

단비

농부의 바쁜 손길
추수의 꿈

촉촉히 적셔주는 단비

답답한 가슴
매마른 마음에
단비라도 내려 주었으면

평범한 삶

먹고 살려고 뛰었습니다
평범한 삶이라도 살아야겠다고 또 뛰어 왔습니다.
뒤돌아 볼 틈 없이 뛰어야만
겨우 먹고 살았습니다
주저 앉으면 가정도 주저 앉고
사회 대열에서 뒤처져
굶주림 대 물릴 수 없어
무엇이던 놓지지 않았고
지쳐도 살아 남기 위해
쉼 없이 뛰며 살아 온 삶입니다

이제야 이웃과 웃으며
인간다운 삶

우리 세대 살아온 인생 역정
요즘 세대들 인정이나 하려는 지요

할 일 하였고

어느듯 황혼 길
남은 삶 쉬엄 쉬엄
평범한 삶 살다 가렵니다

지난 세월 과거로 묻고
흔들의자에 앉아
노래로 지난 일 회상 하렵니다

남은 게 무어냐고 묻지는 마세요

메아리

오솔길 따라 청산에 갈까나
어머니 품 같은 청산

산새의 지저귐
사슴의 티 없이 맑은 눈망울

이산 저산
피고지는 꽃 꽃 꽃들

계곡을 흐르는 맑은 물

산자락에 잠시 쉬어가는 뭉게구름

산마루에 올라가 노래 부르자
노래소리 메아리쳐 오겠지

가는 말이 고와야
오는 말도 곱대요

무제 (無題)

풋내기가
시(詩) 쓴다는거
어디 쉬운가요

풀리지 않는 실타래 따로 없네요

무언가 떠오르다 사라지는 거
맴도는데 찾지 못하는 것
물안개 강 너머에서 손짓 하는데
가슴만 뛰고
멍하니 바라보는 넋 잃은 표정

이정표 없는 황야
향방 잃은 나그네

음악은 들리는데 곡명이 생각나지 않는
무중력속에 떠 있는 무기력

바람 쐬러 탄천에나 나가 보자
흐르는 물
풀잎 간지러운 미풍
밟히는 잡초
이름 모르는 야생화
계절따라 바뀌는 자연의 변화
변화속을 헤집고 들어가면
시상(詩想)이 절로 떠 오를것 같네요

내 일

오늘의 마무리
힘든 하루를 보내는 쉼표
하루 성과
각자 나름대로 셈을 하자

해가 서산 너머 갈아 앉아
어둠이 오거던
컴컴한 땅거미에 오늘을 묻어 버리자

오늘 하루 가면
끝이 아니라
내일의 시작인 아침해 솟아 오려니

오는 내일 맞아
다시 시작해 보자

희망이 없는
내일은 무의미 하지 않는냐

내일이 있음에 감사하고
새롭게 출발할
내일
희망을 품고
새롭게 도약 해야지

노을

서 산에 지는 해
온 하늘 물들인 노을

가는 하루 무엇을 했으며
보람 있는 시간이 였던가

누구를 원망하고
누구와 다투고
누구 가슴에 못이나 박지 않았는지

누굴 용서 하고
또 누구에게 용서는 구했던가

인생 황혼 길
노을로 물 드는데
동반하여 살아 온 여러갈래 사람들

하늘은 하루를 노을로 마감하는데
황혼 길 인생
어떻게 마무리 하려는지

노을 만큼
화려하지 않아도
가슴에 따스하게 기억되는
인생의 노을이 여야죠

홀씨의 꿈

황금색 노란 꽃잎
흰나비 날아 간 뒤

그믐 밤
참고 견뎌 잉태한 씨앗
날개 달아 하늘 나는 꿈을 품는다

봄 바람 부는 어느 맑은 날
하늘 날아
고사리 손 반겨 줄
양지바른 들판 어딘가에
사뿐히 내려 앉으면
거기가 새 동네 우리집인걸

뿌리 내려
오는 봄
황금빛 노오란 사랑스런 민들레 꽃
다시 태어나는 꿈이 익는다

들꽃의 미소

산책 길
여기 저기 피어나는 꽃
미소로 맞이하는 수 많은 들꽃

뿌리만 내려도
아무데에서나 대를 잇네요

자연의 오묘한 조화
한 점 부끄럼 없을 자연 그 모습
벌 나비 벗 삼아
피고 지고 또 피고 지고

뿌리들 뒤 엉켜도
생존 경쟁
질서 있는 자연의 이치 속

봄 여름 가을
소리 없는 노래와 화음
죄 지음 없는 한 삶이

들꽃 닮아
부끄럼 없이 살다 가라네요

한 가지의 배움

아이 에게서도
한 가지의 배움이 있답니다
때 묻지 않은 순결한 마음

바보
한 가지는 배울게 있지요
인간 본연의 진실함

농부
한 가지 배울게 있다면
새벽을 여는 부지런함으로
가을 수확의 풍성함을

군인
적진 돌격
고지에 승전의 깃발 나부끼는
용기와 지혜

맑은 시냇물에 발담그고
푸른 하늘 쳐다 보자

모든이에게서
한 가지씩 더 배우려는 자세로
성숙해 지도록

푸른 하늘

푸른 물빛 하늘
너무 맑아

발 담그고
몸 담그고
마음도 담가

세상 살이
더럽혀진 상처
그 속에 담그면

푸른 물빛에 녹아

두둥실 떠
푸른 하늘 닮아

맑고 푸르른 삶
살다 가야지

길

길을 물어 왔는데
엉뚱 길에
아차 잘못 알려 줬네

얼마나 미안 하던지

아는 길도
가다 보면
때로는 외 길로 빠질 때 있는데

길
바르게 알려 주는게
중요 하구나

길
바르게 가는게
정말 중요 하구나

길
잘 못 가면
영 영 되올수 없는 길로 가는구나

결혼 기념 여행

결혼 기념 여행으로
50년 지나 찾은 신혼여행지
속리산 법주사

세월이 한참이나 흐른 뒤
그 시절 그리워 다시 찾은 속리산 법주사

흙 먼지 속 시골버스
열두고비 고갯 길
터널로 짧아진 고속화 도로

개울 건너
하늘에 놓려 갈까 앉았던
시골 여관방 간데 없고

다섯번 바뀐 강산

새색씨 더벅머리 신랑 신부가
오늘은 주름잡힌 얼굴 흰머리 노 부부

세상 시름 털어 버리려
그 날이 그리워 찾은 신혼 여행지

살아 온 지난세월
처음 그 약속 지키며 살았는지

지금은 행복한지
되새겨 지는 결혼 기념 여행

다정히 손 잡고
소나무 숲 길
어렵게 살아 온 지난 세월
그 날이 있었기
오늘이 있음에 감사 하지요

낮에 뜨는 달

님 찾아 헤메다 지쳐
앞동산 오르기 힘겨워
지각 했나 보네요

세상살이에 쫓기다
빛 바랜 희뿌연 얼굴

구름에 가려 보일락 보일락
초췌한 모습
무척이나 방황했나 봐
어느 시절 한 때의 내 얼굴 아닌가

인생살이 지각 인생
용기로 시작하는 각오라면
보름달 되어
온 세상 환하게 비추는 날 오려니

나 가려네

나 가려네
어린 시절로

나 가고 싶어라
푸른동산 들꽃 피는 곳으로
멍든 가슴
세상살이 입은 상처
살면서 지은 죄

계곡 맑은 물에 씻어
범나비로 다시 태어나
훨훨 청산으로 날아 가고 싶어라

나 가련다
가을의 낙엽되어
가는 곳 몰라도
바람 따라 떠나면
풍경소리 자장가로
꿈 길에서
옛날 어린시절
고향 친구 만나겠지

시골서 보내 온 배추

시골서 보내 온 배추 한 상자
여름내 땀 흘려 수확한 배추

물 주고 이랑 매고
잡초 뽑고 벌레 잡아
농부 얼굴 구리빛
통통해진 배추
소금에 절여 온 배추 한 상자

양념 버무려
꼬갱이 쌈싸 한 입 그득
둘러 앉은 밥상
웃음도 가득

고향 생각
어머니 생각

시골서 보내 온 배추 한 상자에
부러움 없는 풍성한 마음

어느 새
고향이 밥상위에 앉아 있네요

인심 (仁心)

쓰는 인심 타래실인가
술술 풀려 나오고
또 풀려 나오네요
흐뭇함 즐거움 부상으로 받고요

아끼는 인심
타래실 엉키듯 풀어 지지 않아
미로에서 고독만 되씹지요

인심과 타래실
태어 나면서의 결연(結緣)인 걸요
쓰는 인심
이웃이 가깝네요

여명(黎明)

지새운 긴 밤
창문 훤하게 밝히는 먼 동

해가 떠 오른다는 희망
하루가 시작되는 아침
무엇인가 찾아 지리라는 기대

맡은 일 최선 다 한다면
손에 잡힐것 같은 희망 안고
신발 끈 졸라매고 출발해 보자

큰 그릇

큰 그릇 안에
작은 그릇들
옹기 종기 이야기꽃 한창이네요

작은 그릇 안에는 큰 그릇 품지 못하지요

큰 마음 먹고 베풀어 보세요

주는 마음
받는 마음
감사하는 마음
마음에 마음 더하여
화평 합니다

큰 그릇
큰 마음으로 작은 그릇 보듬어야지요

삶이 시들해 지거던

삶에 지쳐 힘들거던
훌훌 털고
어디론가 잠시 떠나 보세요

힘든 삶
벗어 버리고 싶다면
바닷가에 서서 수평선을 바라 보세요
수평선 너머
뭉게구름 아래 새 세상이 있겠지요

삶이 고달플 때
시골 버스 타고
차창을 스쳐가는 들판을 보세요
오곡이 무르익어 가고
스치는 풍경
그 건너편에서 고향이 손짓 합니다

고난 길의 지난 날
조금은 안정된 삶이 자리하려는 한 때
세월에 떠밀려 살아 온 삶
이제는 나이가 가로막아 의욕마저 잦아 드네요
욕심 욕망 내려 놓고
수도하는 마음으로
청산에라도 찾아 보세요

청산이 나를 오라 하네요

행복한 삶의 시작

아들 딸 돌볼 시간
요구르트 배달 아줌마

힘드는 일 일에도
환한 웃음으로
만나는 출근하는 사람 향해

"안녕 하세요"
"좋은 하루 되세요"

고달픔 웃음으로 승화시키는 모습

이슬에 젖어 활짝 핀
한 송이 장미보다

긍정적인 삶의 태도

엄마의 생활전선
애처러움 보다
모든 이에게 오히려 위안을주네요

돈으로 살 수 없는
밝은 마음

행복한 삶의 시작 아닌가요

나무의 나이

나무는 나이테로 나이를 먹는다
봄 여름 가을 겨울
나이테 한 바퀴 감겨지고
나무는 한 살을 더 먹는다

나이 들어
뻗은 가지 무성한 잎사귀
한 여름 녹음
햇살 가린 그늘 아래
아낙네 수다에 하루가 간다

봄에 피는 꽃
가을이면 영그는 과일
단풍으로 물들어 가을을 절정으로 낙엽되어
바람 따라 낙엽마저 어디론가 가고 나면
나무는 나목으로
혹독한 겨울을 살아 남아
한 살 더 나이를 먹어
나이테로 밑둥이 굵어 간다

봄 여름 가을 겨울 지나
나무는 나이테로 나이를 먹는다

배려

따뜻한 마음
순수한 마음에서의 배려

꽃의 아름다움
아침 이슬의 영롱함인들
배려 속의 아름다움만 하겠나요

당신을 아끼는 마음
당신의 슬픔에 동행하는 마음
당신을 더 사랑하는 마음이
배려에 있습니다

배려
조그마한 실천으로도
마음의 기쁨을 보상으로 받잖아요

늦 가을
어디론가 바람 따라 떠나는 낙엽이 아닙니다
봄이 오면
희망으로 돋아 나는
행복의 새싹이 배려에서 시작 되겠지요

가을의 선물

한 톨의 밤알
당신에게 드립니다

가시속 깊숙히

닫혔던 마음 열고

비집고 나온 순결의 결실

한 톨의 알밤으로
마음 열어 보임 입니다

여름내 흘린 땀방울의 응고
사랑이 무르익어 영근
이 가을의 선물입니다

가을이 오네요

가을이 오네요
노래로

풀섶 귀뚜라미
달 그림자 따라

가을이 오네요
빛으로
여름내 햇빛 살라먹고
무르익은 빨간 사과로

가을이 오네요
하늘에서
더 높푸른 하늘
산 너머 뭉게구름 먼 하늘아래 고향 생각으로

가을이 오네요
논과 밭 이랑에
여름내 땀 흘린 결실
무르익어 고개숙인 풍년의 기쁨으로

이 가을에는
이루려는 희망찬 노력으로
익어 숙이는 성숙
간절한 마음
성취의 기쁨으로

사랑할 수 밖에 없는 당신

사랑하는 사람
사랑할 수 밖에 없는 아내이자
연인인 당신

금혼 오십년 지나도록
축복 받은 반세기

어려웠던 시절의 가정 대소사
희생으로 지켜준 가정과 그리고 가족
흰머리 시드는 꽃
뒷 모습 안쓰러워
눈 시울 젖네요

설움 주면
벌 받을것 같아
황혼 길 머지 않은 남은 세월
사는 그 날 까지
사랑할 수 밖에 없기에
지켜주리라 다짐해 본다오

사랑할 수 밖에 없는 당신이기에

멍청이

반주 한 잔
들떠 있는 기분
현실을 잠시 도피해 본다

이 나이에 결코 향낙이 아닌
습관의 연속인가
아니면 현실 기피일까

왜
이런 기분 되풀이 하는 건가
망각 하고 싶은 충동에
일시의 현실을 벗어나 시공에 멈춰 선다

무엇을 위해 살아 왔고
무엇에 대한 도전이며
무엇 때문에 도망 하려는가

삶을 되돌아 보는 시간도 저기에 와 있다

오늘도 나를 피해
한 잔의 반주에 또 나를 던진다
무중력 상태에서 나를 본다

멍청이

친구

격이 없는 친구
먼길 갈때 동행하는 친구
외로우면 위로되는 친구

속 뒤집어 깐
만나면 벌거숭이 친구

목소리만 들어도 반가운 친구
만나도 또 만나는 친구

나이 먹어
친구 하나 두는게
온 천하 얻는 거라는데

지난 어려웠던 숱한 삶의 세월
믿고 의지하던 길 동무였지

만남이 즐거워야
좋은 친구 아닌가

시간은 자꾸 가는데
만남이 얼마나 더 이어질까
친구야

슬기로운 시위

산은 물을 얼싸안고
물은 산을 휘감아 돌아
연꽃으로 피어난 하회마을

탈춤 한 마당
해학으로 풀어 간
슬기로운 비폭력 시위

익살로 담은 상민의 한
반가(班家)와 승려의 파계 · 조롱한 항변
흥겨운 탈춤
내면에 겹 겹이 쌓인 상민의 시름
반상이 탈을 쓰고 어우러져
안녕을 기원하는 화합

내면의 탈춤에서 웃음속에 눈시울 적시네요
한 마당 탈춤
조상 얼의 슬기로운 시위 아닌가요

족쇄

흔들 의자
지난 일들 음률따라 추억이 흐르지요

살아 온 삶
누구의 탓이 아닌
내가 내게 채운 양심의 족쇄

누구에게 아픔을 주었다면
스스로가 그 아픔으로 인한
부자유스러운 마음
족쇄로 채워 지네요

늙어
살아 온 삶
족쇄에서 자유롭지 못 하다면
삶에서의 오점이 되겠지요

흔들의자에 앉아 지난 날을 되 볼 때
부끄러움 없는 삶
족쇄에서 자유로움입니다.

외로울 때

외로울 때
곁에 친구 있다면 외로움 덜 하겠지요
외로움 나누어 가져서 입니다

괴로울 때
위로해 줄 사람 없다면
당신 삶
헛되이 살은 삶 아닌가요

배풀어서가 아니라
진정 마음의 오고 감이 있었어야지요

괴로움을 주었다면
당신에게 외로움이 찾아 와도
함께 할 사람 없어 집니다

남의 아픔 밟으면
아픔을 벌로 받습니다

돈 없는 거지 불쌍하다 생각 마세요
돈 많은 사람 모두 다 행복하지 않음은
평소 삶의 갚음입니다

돈 없어도 늙어 외롭지 않은 인생
진정 축복입니다

마음의 고향

고향
가까이만 다가 가도
먼 산에 뻐꾸기 울어 반기네요

먼저 가 버린 친구 생각
어머니 그리고 아버지

어릴적 추억
기억속 아련 하네요

걸어 하루
버스타고 걷고 고개너머 반 나절
아득히 멀기만 했던 고향 길

고속버스 KTX 타면 지척인데
늙어 세월이 앗아 간 고향

추억 뒤 자락
꿈에나 그리는 사람들 그 시절

이제는
마음의 고향이 되었네요

여보

동반 삶에서
부르는 이름

불러도 또 불러도 부담 없는 이름

여보

살다보면 때로는 미워져
다시는 쳐다 보지 않다가도
인생의 동반자
다시 보게 되는
하늘이 맺어 준 인연

여보

밉다가도
이쁘다가
헤어지고 싶다가도
결단코 헤어 질 수 없는
사람이 나눌 수 없는 천생배필

여보

사는 날 그 날까지
사랑하며 살아 가야 할 당신 여보

3부

그러려니 살다보면 살만 합니다

그러려니 살아 보면 살만 합니다

사노라면
인간사 낙원이 던가요
한 고비 마다 참고 살다가도
포기하고 싶은 때
힘든 때 더 많지요

주저 앉을 수 없잖아요
지워진 죄 값 갚고 가야지요
되돌아 보면
배 고프고 추웠던 긴 겨울
끝이 보이지 않다가도

살다 보니
시간 지나 봄이 오더라구요

세상 살이
그러려니 살다 보니 그런대로 살만 합니다

가을이 가는 소리

뙤약볕 녹음 사이로 여름은 서서히 지친다
초록 빛 여름내 햇빛 받아 물 들고
바람의 시샘인가
물든 단풍 잎 삭풍불어 가을이 저물어 간다

달빛 받은 으악새의 은빛 물결
춤추는 소리 겨울을 부른다

바람 따라 낙엽 떨어지는 소리
어디론가 떠나는 노래
가을은 무르익어 겨울로 접어 드는데

이 가을
노력 만큼 거둔 수확
등 따순 겨울 맞아
복에 겨워 스르르 잠이 들겠지

고 향

어린시절 추억이 배여 있어
고향이 그리운가

태어난 곳이기에
잊혀지지 않는 무지개 꿈 키우던곳
어머니 품
꿈에도 그리워 고향이려니

백발이 되어도
고향의 그리움
그 곳
머리둘곳이 있어서 인가

삶에 지친 심신
고향의추억이 머무는 곳
귀소본능에서의 그리움인지도 모르리라

살아 가며
정든 곳이라면
그 곳도 고향인데

세월이 흐른 뒤에

세월이 흐른 뒤에야
지난 그 시절이 그리워 질거야

힘 들었던 시간이 였어도
외롭던 시간이 였어도
배고프고 서러웠던 시절
마음의 상처
불행 했던 시간 마저도

되새겨 보면
한 참이나 세월이 흐른 지금

그 때
그 시절이
그래도 행복 했다고 그리워 지네요

세월이 한 참이나 흐른 뒤에
그 때가 있었기에
오늘이 있다고

수선화

겨울 보내는
환송 길

양지바른 길 가
다소곳이
노오란 속마음 열어 젖히고
해 맑은 웃음으로 피었네요
오는 봄의 전령으로

남쪽 소식
웃음으로
오 가는 이에게 주는 선물
훈훈한 꽃 마음

그 님도
꽃 따라 오시려나

봄은 노래로 오네요

새 들의 지저귐
사랑의 계절이 듯
봄은 노래로 오네요

고드름 녹는 소리
물 흐르는 소리
봄은 소리로도 오고요

양지바른 언덕에 핀 제비꽃
들에 피어난 노오란 민들레꽃
꽃잎 하늘 하늘
남녘서 불어오는 꽃바람

봄은 활기를 주고
봄은 또 희망으로도 오지요

이 봄 맞아 희망 안고 씨뿌려
가을 오면
풍성한 가을 걷이 해야죠

일자리

여든 훨씬 넘은 나이에
일자리 오라네요

무전 취식
구걸 아닌
노력의 대가 받는 일자리라 흐뭇 감사합니다

늙으막
한 끼 해결도 고마운데

지난 오랜시간 고난딛고 쌓아 온 전문기술
경험
능력
노력을 인정받아 복 받았고

몸에 익힌 현장 그리고 실력
문제 해결로 보람도 찾고

생애
최고의 축복이네요

아름다움

꽃의 아름다움
모양으로 보여지고

사람의 아름다움
마음에서 보지요

자연에서의 아름다움
경관에서 보듯

연인의 아름다움
사랑에서 보잖아요

고향에도 아름다움이 있다면
오래도록 잊혀지지 않는 정감이 있어서 이고

부끄럽지 않는 삶
두고 두고 그리워지는 아름다운 추억이 아닌가요

사물들 아름답게 보면
아름다워 보이겠지요

아름다움
찾아 보면
마음먹기에 있는데

새로운 출발

동장군의 시샘으로 늦어지더라도
때 되면
봄은 오더라구요

파릇 파릇
새 순 돋고

얼었던 음지에도
뾰족이
새싹 올라오고
까치는 쌍쌍이 새 집 짓기에 분주하네요

새 싹
새 순
새 마음

지난 일이랑 벗어 버리고
이 봄 맞아
새로운 출발 어떤가요

밑반찬

짭짤한 그 맛
어머니 손 맛이 그리운 밑반찬

진수성찬에도 빠질 수 없는 반찬인걸

앉아 있어도 주체 못하는 땀
갈증에 힘든 여름 철
입맛 돋구는 어머니 손 맛
어린 시절이 더 그리운 고향 맛

나이 들어
그 시절 더 그리운 어머니 생각

고향 돌담 길
그 추억 배어 있는
향수 서려 있는 밑반찬

인생살이 본연의 일이 밑반찬인걸요

동행

길을 가다가
동행이 되었습니다

반갑고
위로 주고 받고

험한 길
의지 하며

앞에서 잡아 주고
뒤에서 밀어 주고

동행에
편안 할 수 만은 없잖아요

배려하고
솔선하는 행동으로
용서하고 용서 받고

아름다운 추억되어
흰눈으로 가슴에 깊이 쌓이는 동행

행여
어딘가에서
헤어 지더라도
문득 생각 나는
오래 기억에 남을 동행이 되어야지요

봄 소식

언덕에 오르니
훈훈한 바람

햇볕 내려 쬐이는
양지바른 산 언덕

다소곳이 고개들어
화사하게 웃고 있는 제비꽃

와아
봄이다
봄이 왔다

이 산에
저 산에도

산울림 퍼져나가
봄 소식 전 하네요

가을 풍경

고추 잠자리
머리 위 손 닿을 듯 하늘을 빙 빙 날아
나래 팔락여 여름을 식히고

메뚜기 한 쌍
고개숙인 이삭 사이
볏대 감아돌아 세월을 유희하네

텃 밭에 심은 고추
빨갛게 물들고
구름 몰아낸 파란하늘 이고
가을이 익는다

온통 산 마다 물감뿌려 금수강산

늦가을
낙엽 들
삭풍에 훌 날려 어디론가 떠나고 나면
가을이 아직 떠나지 않았어도
겨울은 사립문 열고 밀려 오겠지

아들 그리고 딸 둘

슬하에
아들 하나 딸 둘

눈 코 뜰 사이 없이 바쁘다던 자식들

온천 여행
동해 바다 구경하고 회도 먹잔다

팔십 하고 두세 고개 더 넘고
전립선암 수술
그리고 삼년 지나
임파선 종양 방사선 치료 그 후유증 입원

부모 살아 생전
자주 모시겠다나
한 번이라도 더 보자는 아이들
효심에 가슴 찡해 지네요

하기야
제삿상 진수성찬
무슨 소용이 있겠는가

나도 그러지 못한게
가끔 후회 되는데

가을 들판

농부의 숨결 가득한 가을 들판
오랜 옛날부터의 조상 대대로 이어 내려온
그 옛날 그대로의 햇빛 내려 쬐이고
햇빛 내려 먹고 자라난 오곡
고개숙여 인사 하지요

시원한 바람
벼이삭 스쳐 노래 시작되는 곳
노래 속에
벼이삭 수수이삭 화답하듯 누렇게 잘도 익어 가네요

들판에 서 있어도
마음 풍성해 지고
오곡이 익어가는 눈 요기에 절로 배 부르고요

고개숙인 벼이삭 너머 멀리
서산에 저녁노을 붉게 물들면
메뚜기 잡던 아이들
붉게 타는 노을 등에 지고
저물기 전에 발길 재촉 하네요

원한은 풀고 살아요

힘대로 산다면 동물세계에서의 약육강식이지요
삶이 힘들어 악 밖에 남은게 없더라도
훗날 후회할 말 삼가야지요
치고 받고 싸우더라도
원한일랑 남기지 말아요

한 순간의 격한 행동
삶의 한계는 벗어나지 말아야지요

마음에 상처
후에 돌이키지 못할 한으로 남으니까요

격하여 치고 받고 싸우더라도
원한은 풀고 살아요

상처는 아물지만
원한은 죽음까지 가져 간다나요

사과 속 이야기

가을이면 탐스런 과일

새콤 달콤
어린시절의 향수가 담겨진 사과

추위에 나목의 긴 겨울

기다리던 봄
꽃망울 터지자
벌 흰나비
청산에서 내려와 잠시 쉬어가는 호랑나비
꽃향기속 잔치벌이고 난 후
살고 아기고 새 생명
조그만 파란 열매로 태어 나지요

여름내
무더위 천둥 번개에 소나기
거기에 기승 부리고 파고드는 병충해
구름따라 시간이 흐르고
드높은 하늘 아래
수집은 듯 내미는 붉은 얼굴
세월이 영글어 익은 결실
반쪽으로 조개진 사과속
군침도는 흰 속살

세월의 아픔 딛고
오늘의 결실
지난 세월을 이야기 하네요

멋진 인생

기다리는 십분
너무 지루 하더라구요
즐거운 한 시간
짧기만 하던데

인생을 즐겁게 사는거
시간 가는지 모르겠지요

짧은 인생
젊은시절 덧 없이 지나쳐 버리면
쓸모 없는 노후
외롭고 힘든 시간만 길게 남잖아요

즐거운 시간 찾아 보세요
보람 있는 시간 노력해 보아야지요

나머지 인생
멋지게 살다 가야지요

풋과일의 꿈

풋풋한 내음
설익은
애송이 같은
아직은 미숙한
머지않아 결실의 희망 안고 있는

뭉게구름에 소나기 한 차례 지나가
이른 아침 이슬 먹고
한낮 햇살 살라먹고
달밤에 달무리 정기 받고
반짝이는 별빛에 힘 실어
풋 내음
달콤한 사랑의 은총을 입네요

어린시절의 무지개 꿈이 성숙하듯
풋과일의 꿈은 계절을 먹고 익어 갑니다

출장이란 좋은 거여

도심 탁한 공기에 찌들어 숨죽이고 있는데
출장이 간다

생각 나름이라지만
내 돈 들이지 않는 여행인데

모처럼
차창에 계절이 스쳐가고
풍경속에 세상사 시름이 잦아 든다

맑은 공기
새로운 볼거리 먹거리
나 만의 해방감
그리고 행복감

익힌 기술
배웠던 이론
쌓은 전문지식 경험
해결의 즐거움
일석이조의 효과 아닌가

그러고 보니
출장이란 좋은 거여

죄 없는 자 돌 던져라

마구 돌 던지는 그대들
그대들 죄 지음 없는 깨끗한 자 인가
속내에 숨겨 놓은 더 큰 죄 없는가

한 점 부끄럼 없는 깨끗한 사람만
죄진 여인에게 돌을 던져라

나라 사랑하는 충정으로
돌 던져 벌 하자

행여 사심이나 자기 감정
명분 없는
반대 위한 반대로
마구 돌 던지는 그대들

진정
나라 위해
무엇을 했는가 자문 해 보자

무심코 돌 던지는 행위
죄 지음이요
벌 받아 마땅한 자라

죄 없는 자만 돌을 던져라

엄마 마음

추운 겨울 저녁
추위에 맨손
무거운 과일 보따리 힘겹게 들고 있는 어느 엄마

장날이라
자식 생각에

과일이 파장이라 싸다니

무거워도
힘 들어도
지친 몸인데도

떠 밀려는 지하철
오르 내리는 승객 틈에 끼어
밀쳐져 몸 가누기 힘든데
온 몸으로 꽉 잡은 그 과일 보따리

자식 위한 엄마 마음 엄마 정성
힘 들어도 즐거워 보이는 모정

정성으로 키워주신
울 엄마 생각 간절 하네요

살다 보면

우리네 삶 살다보면
이런 일 저런 일
기쁠때나 슬플때도
바람 잘 날 없는 나 날의 연속인데

어차피 태어난 인생
공전(公轉)과 자전(自轉)에 매어 달려
허덕이며 살아가는 인생

기쁘게 살아 갈 수도
절망에 빠져 헤어나지도 못하는 삶이라도

한 번 쯤
묵상하고 갈 길 찾는 지혜로 찾아 보면
웃으며 가는 길도 있잖아요

살다 보면
햇살 비춰주는 날도 있거던요
세상 살이 힘 들어도
웃으며 사는 길로 가자구요

어제와 오늘

지나버린 세월이라
잊으려 해도 잊혀지지 않는
배고프고 서러웠던 그 시절
그 때가 불행했다는 기억이 없는
전설같은 과거로 남고
어른이 되었지요

처 자식 내 설음 되밟지 말라고
부지런히 뛰었더니 세월은 가고
먼 세월 흘러 돌아
오늘로 훌쩍 다가 왔네요

눈 감고 지난 날 돌아 봤더니
이미 흘러 버린 먼 세월
이제는 할머니 할아버지
그래도 그 때가 축복받은 과거로 기억에 남네요

이제는
굶주리고 헐벗지 않은 세월속에서
가지고 싶은 것 없지요
욕심도
애타게 찾던 그 님도
모두 가진것이니

어제는 갔고
오늘은 부족한 것 없는 거

축복이 아닌가요

행복한 사람

진수성찬 앞에 앉아서도 행복을 모르는 사람
라면 한 그릇에 감사하며
불행이라 생각지 않는 사람

분에 맞게 살면서 감사하며 행복으로 느끼는 사람
진정 삶을 행복하게 사는 사람 아닌가요

가난한 동네에 사는 사람
모두가 불행하게 사는 삶 아니랍니다

삶에 충실하게
현실에 만족하며 사는 삶이
축복 받은 행복하게 사는 삶이 겠지요

많은 것을 가지고도 불만족한 삶
불행을 부르는 사람이고
가진것 없어도 갖고 싶은것 없는 삶
행복을 알고 행복을 찾는 사람입니다

원시인의 삶 결코 불행하지 않은 삶이 듯
문명 속에서도 불행하게 사는 삶
행복을 모르는 사람입니다

한 끼니를 감사하며 사는 삶에서도
행복을 느끼는 삶
진정 행복한 사람이 겠지요

늙어 가는데

세월 흘러
그 세월 속에서 늙어 가는데
나이 들면
지난 시절의 추억 속에서
그 추억 되새기며
노후의 길고 긴 날들을 살아 가지요

누구나 바라는 소박한 소망
부끄럽지 않은 조용하고 편안한 노후생활
먹고 자는거
외롭거나 괴로움 없는

이따금
즐겁고 자유로이 아내와 손잡고 떠나는 여행
모래알 만큼이나 많은 노후 시간의 보내는 슬기

허송한 젊음은
늙어 되돌아 보면
초라한 추억이 되겠지요

모두가
젊은 시절의
뿌린대로 거두는 결실이네요

작은 꽃 밭

아파트에는 마당이 없네요
우리집 앞마당은 조그마한 베란다
화분 몇 몇 사다가
작은 꽃 밭 가꾸었지요

그런대로
피고 지는 꽃 들이 있어
반 평 남짓한 작은 꽃 밭
옹기 종기 모여 피는 꽃 꽃 들
내 마음에는
스무평 서른평 넘는 꽃 밭에서
사계절을 봅니다

꽃에서는
아름답고 평화로움이
꽃 내음 잔잔히 퍼지고
꽃 술에
꽃 동네에서는 꽃 잔치가 한 창이지요

꽃 속에 있는 낙원
속세의 어지로운 삶
부끄러움 가지게 하네요

아침 인사

아침
하루의 시작
상쾌한 마음으로 출발 합시다

아침의 상큼한 공기
이슬 먹음은 잡초도
떠오르는 햇살 받아 영롱한데

이 아침에는
웃으며 시작 해야죠
우울한 아침의 출발
종일토록 침울한 하루로 이어지지요

아침 인사
웃으며 출발하는 하루
가뿐한 시작에서 희망이 보이잖아요
아침만은
즐거운 마음으로 출발 하세요
모두에게 기쁨을 줄 수 있으니까요

들꽃들도
아침 인사 웃어 주는데
웃음 담은 아침 인사가
즐거운 하루를 선사(膳賜) 합니다

산다는 거

세상살이 살다보면
산다는 거

나이 팔십 넘고 보니
살아 온 지난시절도 그러고 살아 왔는데

젊어서는 먹고 살기 위해
뒤돌아 볼 겨를 없이 살았고

이제는 지난시절
뿌린 씨앗의 수확으로 살아 가지요

우리의 운명
마음대로 되나요

한계에 매인 육신
머리서 발끝
오장육부 한 곳에라도 이상이 생기면
그로 인한 고통
그 고통속에서 살아야 하는데

살아 온 그간의 만든 과거
희노애락의 자락에서
기쁨도 슬픔도. 괴로움도 외로움도 때로는 고독속에
희망도 절망도 거치며 사는게 우리네 삶이 잖아요

산다는 거
그런거 아닌가요

기왕 살아가는 삶
감사하며 즐거운 마음이면
더 복 받는 삶이 되겠지요

밤이 싫어요

어둠이 깔리면
가로등 하나 둘 켜 진다해도
들꽃과의 만남도 어두움에 묻히고
사는 사람 모습 보이지 않아
쓸쓸한 밤이 되지요

새들의 지저귐
강아지의 짖는 소리 마저도
어두움에 잦아 들면
고독속에 마음의 창문도 닫혀져
나 홀로 외딴섬에 덩그마니 서성이는 모습으로 비치고
다정히 나눌 이야기도 끊어지잖아요

그런 밤이 더욱 싫어요
잠마저 설치는 밤
그 밤 더 더욱 싫어요

창문으로 스며 훤해지는 여명
아침을 여는 첫 닭의 외침이 기다려 지네요

산 위에 올라보면

오솔 길
한적한 소나무 숲 길
자갈 길 때로는 깎아지른 바위 언덕 길
땀에 젖은 지치는 심신이어도

산 정상에 올라 보면

산 능선이 휘 돌아 불어오는 시원한 바람에
힘 겨웠던 산 길
바람 타고 날아 가 버리네요

산 아래 펼쳐지는 아름다운 그림
천하가 손 안에 있는 뿌듯함

우리네 삶
산 위에 올라 내려다 보면
힘 겨웠던 지난 시절의 추억들
아름답게 내려다 보이네요

산 위에 올라 보면
힘 들고 고달파도
시원한 산 바람에 씻겨지는 흘린 땀 방울
천하를 내려다 보는 축복이 있지요

산 위에 올라서면
날아갈것 같은 기분도

연어(鰱魚)

어릴적 물장구 놀이
그 고향이 잊혀지지 않아
임태한 무거운 몸
고향찾아 거스러 오르는 연어

고향 길
멀고 험하다 않고
태어날 자손 대대 본향에서 자라게 하려는가

가파른 물 길
얕은 자갈 길
몸부림으로 거스러 오르고 또 오르고
때로는 가로 막는 물길 폭포
솟구쳐 튀어 오르고 몇 번이고 기여이 뛰어 넘는
고행 길
출산을 위한 사력(死力)을 다 하는
혼신의 몸짓

어렵사리 고행을 마친 연어
몸부림으로 산란이 끝나면
벌렁누어 하늘 향해 읊으며 생을 마감 하네요

쉬이 절망하고 포기하는
하늘을 원망하고 또 누군가를 탓하는
우리를 부끄럽게 하구요

흔적(痕迹)

살다 보면
삶의 여기 저기
흔적이 남잖아요

삶에서의 시간 시간
오가는 장소마다
흔적이 남습니다

마음에 상처 주는 흔적
남기지 말아야지요
상처는 아프거든요

상처는 쉬이 잊혀지지 않아
가슴에 새겨 집니다

생각 없이 던진 한 마디
상처되어 되돌아 와
가슴에 꽂혀 흔적으로 남습니다

상처는 깊을수록
고통 또한 더 하고
골 깊은 흔적으로 남아
아픈 추억으로 되새겨 지지요

갈랫 길

살아 가는 길
여러 갈래 길이 있지요
가다 보면 갈랫 길

운명처럼
향방 가려가게 됩니다

어느 길인지
이정표 없는 갈랫 길

한 번쯤 가는 길
뒤돌아 보게 하는 어느 갈랫 길

방향 바꾸어 갔다면
지금쯤 어디까지 갔을까

더 행복 했을까

살다 보면
수 없이 닥쳐오는 갈랫 길

그 길
잘도 찾아 여기까지 왔기에
당신 만나
행복 하나 보네요

우정(友情)

우정은 동행입니다
앞서거나 뒤처지거나 경쟁이 될 수 없지요
잘나지도 못나지도 않아야 하고요
비난은 금물입니다

우정은 평행선입니다
일정거리 유지하고
치켜세우거나 무시하는 언어 자존심일랑 뒤안 길에 묻어 두고
내 주장과 자랑 삼가야 합니다

우정은 평등입니다
높 낮음 없고
빈부 귀천 없는
서로에게 귀중한 존재야지요

우정을 지게 받침대로 승화시켜야 겠네요
무거운 짐 지고 가다가 쉴 때 받쳐주어야 하잖아요
어려울 때 외로울 때
위로가 되어야 할테니까요

우정에는 조건이 없습니다
서로가 모든 걸 내려 놓고
어린 시절로 되돌아 가 해맑게 웃는 모습으로
서로를 바라 보아야 하잖아요

오늘 만이 아닌
오래도록 마음에 간직 하여야지요

감사하는 삶

오늘이 있음을 감사 합니다
한 끼 한 끼니 음식도 감사 하고요
하루 무사함 감사하며 저물어 가네요

감사하는 마음에
긍정적인 삶 샘 솟고
행복지수 오른답니다

불쌍한 표정
동정 받을 지 몰라도
초라한 모습
지는 꽃으로 비춰지지요

사랑하는 사람 곁에 있어
건강하게 동행하는 삶에도 감사 합니다

감사하는 마음에
욕심 욕망 자리 잡지 못 하지요

감사하는 삶에
행복의 무지개 떠 오릅니다

9월이 오면

무덥던 여름 끝자락에
높푸른 하늘
뭉게구름 한가로이 오가는데

매미는 여름내
울다 지쳐
목쉰 소리 잦아 들어 가고

무더위 속 해바라기
해 따라 돌다 지쳐서인가 고개 푹 숙인 사이로
오곡은 햇볕 받아 들녘 물 들이네요

무더위 피해
9월로 미루었던
친구와의 만남
가슴 설레게 하구요

9월이 오면
마음이 풍성해지는 계절

한 해 농사
뿌린만큼 수확 한다는데
얼마나 거두려는지

도라산(都羅山) 역

동족 상잔의 가슴 아픈 사연을 품은
세계 유일의 분단국 최북단 도라산 역
철마(鐵馬)도 달리다 멈춰 선
마지막 역이 된 도라산 역

원혼(冤魂)이 떠 도는 격전지 흔적을 그대로 간직한 곳
비무장 지대 (DMZ)

가을 하늘 아래 겉으로는 평화롭게 보이는데
강토를 파헤친 남침 야욕의 제3 땅굴
전운이 감도는 곳

남북을 가로막은 철조망
그 너머 보이는 고도(古都) 개성(開城)
그리고 송악산이 코 앞인데

돌아 오는 길 관광열차에 몸을 실었어도
무거운 마음에 가슴이 짓 눌려 옴은
실향민
이산가족의 한이 그곳에 머물러 있어서 겠지
우리민족의 숙원

혹독한 가슴 아픈 긴 긴 겨울이 왔다해도
철조망이 걷히고
꽃피는 봄이 오리라는 기대가 욕심은 아니리라

다시 한 번 외쳐 본다
통일이여 어서 오소서

묵상(默想)

하늘 향해 눈을 감는다

수 많은 별 들

그 중에 내 별 하나

정결한 마음으로 내려다 보고 있으려니
부끄럼 없는 삶 살다 가야 한다고

잘못은 용서 받고
몇 번이고 용서도 할 수 있는 너그러움으로

여생(余生)
더는 더럽혀지지 않을 삶 살고자

두손 모아

겸허한 자세로

하늘 향해 눈을 감는다

나로 인해
죄지음 없기 바라는 간절한 마음으로

잡아도 가는 세월

가지 말라고 잡아도
봄은 가고요

뒤에서 민다고
여름이 빠르게 지나 가나요

오라고 불렀더니
가을이 온것 같은 착각인데

오지 말라고 막아도
혹독한 겨울은 오더라구요

마음이 변하여 떠나는 사람
매달리고 잡는다고 떠나지 않던가요

세월을 잡지 못해
허송 한다면
좋은 시간 그대로 지나쳐 가고요

늙어 힘 없을 때는
시간 빨리 불러도
더디게만 온 답니다

기회 잘 잡고
열심히 살다 가라는
조물주의 뜻이 겠지요

당신은 태양 나는 해바라기

당신을 바라 보면서
행복한 하루가 갑니다

하루의 시작으로
붉고 찬란하게
동녘에서 솟아 오르면
그 때사 부시시 일어나
웃는 얼굴 당신에게 맞추지요
당신이 있기에
내가 있듯이

행여
구름에 가려 빛이 바래기나 하는 날은
우울한 하루가 되어 고개를 떨구고요
밝은 햇빛으로 돌아 와 주기 기도 하듯
지루한 하루를 보냅니다

사랑의 햇빛 비춰 주는 날
그 햇빛 받아 생기 돋고
무한한 행복에 잠기지요

벌나비 꿀벌 들
넓적한 꽃술에 모여
한 바탕 잔치 벌리고 간 후
행복의 씨앗도 잉태 하고요

당신은 태양
나는 해바라기 이듯이

하늘에 띄우는 연하장

한 해 가기전
해마다 아쉽고 고마움에
마음 담아 보내는 연하장

이젠
가고 없는
그리운 이 들에게

지는 해
끝자락에 서서
옛날 그 시절 너무 그리워
하늘에나 연하장 띄워야지

그 곳은
근심 걱정 그리고 정쟁(政爭) 없어
아쉬울 것도 없겠지

사무치게 그리움에
가고 없는 그리운 이 들에게
하늘에다 연하장을 띄운다

편집을 마치고

시가 좋아 시를 썼고 3집까지 엮어 내게 되어 무척 감개무량 하네요. 자연을 노래하고 삶을 감사하며 써 온 오랜 세월 동행해 온 반려자로 사랑하는 아내가 늘 곁에 있어 행복에 겨워 살아 온 삶 다시 한 번 감사 합니다.

이 번 3집은 자필로 그 동안 써 모은 시 원고를 그대로 편집하고 곁들여 직접 찍은 사진을 배경으로 정리 편집 하였습니다. 읽기에 다소나마 불편하다면 너그러이 보아 주셨으면 고맙겠습니다

3집의 인쇄도 2집의 편집 인쇄에 수고 해 주시고 무명시의 2집을 시중 서점에서 백 수십부 판매까지 애 써 주신데 감사 드리고 3집도 기꺼이 출판해 주시겠다는 한국학술정보(주) 채종준 사장님과 임직원 여러분께도 감사의 말씀 드립니다

3집은 아내의 팔순 선물이기에 더 뜻 깊게 생각하고 뜻을 같이하며 아들 주현승, 큰딸 주현영 그리고 사위 김한규, 막내딸 주현정, 특히 손녀 주하윤의 조언은 물론 자주의 수정 등 아낌없는 성원에도 감사함을 빼 놓을 수 없네요

인생 팔십을 훨씬 넘기도록 전문기술자로 아직까지 현업에도 참여 해온 삶 축복이라 생각 합니다.

사랑하는 사람들이 주변에 많음을 감사하며 "그리워 하는 사람으로 살자"는 3집을 읽으실 여러분에게도 무한한 축복을 기원 합니다

2018. . 축복받은 어느 좋은 날

지은이 주 재 욱 올림